Dr J. ETTERLEN

# Une Saison
# à
# Contrexéville



LYON
IMPRIMERIE A. REY
1901

Dr J. ETTERLEN

# Une Saison
# à
# Contrexéville





LYON
IMPRIMERIE A. REY
1901

# AVANT-PROPOS

*Ceci n'est pas un guide, encore moins un traité didactique : c'est une simple causerie. C'est le résumé de quelques notions essentielles & utiles au buveur d'eau de* CONTREXÉVILLE ; *ce sont quelques conseils en passant ; c'est une poignée de main au nouveau venu ; c'est une modeste brochure.*

Paris, le 15 mars 1901.

# CONTREXÉVILLE

Et, d'abord, CONTREXÉVILLE est une station haut cotée ; les souverains accourent d'Asie pour goûter l'eau de ses fontaines, les lords s'en viennent d'Angleterre, les étrangers en foule rendent justice à ses sources vivifiantes.

Les Français la connaissent aussi et noblesse, clergé, tiers-état, viennent chaque été y noyer leurs humeurs peccantes.

Le climat est sain, le ciel y est assez bleu, et l'on peut y vivre de plaisante manière ; on peut y guérir également.

Pour arriver à la guérison, il vous faut tout simplement boire des verrées de l'eau qui sort limpide et fraîche de ses Sources ; tout simplement, dis-je, mais cette chose, simple en apparence, se complique d'une foule de nuances suivant votre âge, l'âge de votre tube digestif, l'état de votre cœur et celui de vos reins, pour ne parler que des grosses indications.

D'ailleurs, ne vous connaissez-vous pas vous-mêmes un peu, grâce aux avis de votre médecin ? Et c'est, pour cela, un très court memento, que je vais écrire sur la manière de faire une cure profitable à CONTREXÉVILLE.

# UNE CONSULTATION

LE MALADE

*Gorenflot partout on m'appelle,*
*Et pour ma goutte et ma gravelle,*
*Docteur, je viens vous consulter.*

LE DOCTEUR

*Très bien... Or, veuillez m'écouter...*
*Chaque matin, dans votre vase,*
*Du sable trouvez-vous?*

LE MALADE

*Par phase...*
*Il est très rouge, il est très gros,*
*C'est un des plus forts numéros;*

*Vers le temps des treilles vermeilles*
*Il sert à rincer mes bouteilles.*

LE DOCTEUR

*Mais parlons de votre appétit ;*
*Est-il moyen, est-il petit ?*

LE MALADE

*Il est, ma foi, fort ordinaire.*
*D'œufs bien frais une simple paire*
*Me suffit, avec du jambon,*
*Du bon pâté, du caneton,*
*Du homard à la rémoulade,*
*Des petits pois, de la salade ;*
*Voyez-vous, Docteur, j'aime tout,*
*Mais le perdreau truffé, surtout.*

LE DOCTEUR

*Dites, que buvez-vous à table ?*

LE MALADE

*Je bois du vin fort délectable,*
*Couleur rubis, très généreux,*
*Bref, bien fait pour me rendre heureux.*
*Au petit monde la piquette,*

*L'affreux verjus, la cerisette;*
*Seul, le bon vin fait mon bonheur,*
*Mais n'en bois pas plus qu'un sonneur.*

LE DOCTEUR

*Au moins, après la rémoulade,*
*Faites-vous une promenade?*

LE MALADE

*Quoi? si je fais?... Mais, tous les jours,*
*Je fais au moins deux ou trois tours;*
*Tenez, en tramways, en voiture,*
*On n'aperçoit que ma figure,*
*Allant au club, allant au bois,*
*Ou chez quelque joli minois.*

LE DOCTEUR

*Eh bien! Monsieur, je vous engage*
*A devenir beaucoup plus sage:*
*D'abord, il faut présentement*
*Suivre un sévère traitement:*
*Adieu truffes & mayonnaise,*
*Perdreaux, pâtés & béarnaise;*
*Au lieu de rôt, de bon laitage,*
*Ou bien du pain & du fromage.*

*Surtout, n'ayez pas le malheur*
*De prendre un verre de liqueur.*
*Après, si le pied vous élance,*
*Si vous avez de la souffrance,*
*Je vous le dis, écoutez bien,*
*Ne mangez plus, ne mangez rien,*
*Mais mettez-vous donc au colchique,*
*Ça s'en ira par la colique.*
*Enfin, Monsieur, en juin prochain,*
*Si le temps n'est pas incertain,*
*Quittez Paris, quittez la ville,*
*Et partez pour Contrexéville...*
*Là, buvez... buvez beaucoup d'eau,*
*Au moins la valeur d'un tonneau...*

LE MALADE

(Prenant son chapeau et interrompant le docteur.)

*Pardon, Docteur, je crains la goutte,*
*Mais, le traitement me dégoûte.*

(Il salue et sort au plus vite.)

EMILE HUGONIN,

(*La Saison de Contrexéville*, 18 juillet 1886[1].)

[1] Reproduction spécialement autorisée par l'auteur.

Et, la spirituelle boutade de M. Hugonin est tant de fois vécue !

Jusqu'au jour où, bon gré, mal gré, il faut combattre enfin cette goutte devenue dangereuse ; trop heureux encore, si, après avoir très longtemps tergiversé, le malade, uricémique à fond, peut éloigner les terribles complications qui sont le fruit des régimes intempestifs.

Il est si facile pourtant, d'effacer sans retour le sombre tableau d'avenir, en se soignant suffisamment et surtout « à temps » !

A temps, car il est des cas — peu nombreux sans doute, mais il en est — où la science demeure impuissante et où la nature ne peut plus rien suffisamment, car une seule saison ne peut arriver à guérir un mal que l'on a depuis longtemps vu germer et que l'on a cultivé avec sollicitude.

Enfin, il faut se soigner d'une façon raisonnée et méthodique : il ne vous faut pas boire autant d'eau que vous le pouvez, mais bien en boire ce que vous devez ce qui vous est nécessaire, dans votre cas particulier.

# L'EAU

L'EAU de CONTREXÉVILLE a des propriétés très particulières ; elle est évacuante et pourtant elle n'affaiblit pas, elle fortifie même !

D'ailleurs, elle a fort bonne mine : très limpide, très fraîche (11 à 12 degrés), avec une saveur minérale de bon goût, elle s'offre d'elle-même aux lèvres tentées.

Elle est modérément alcaline ; elle procure vers le deuxième ou troisième jour des émissions d'urine et des selles abondantes et, malgré cela, comme elle est un peu ferrugineuse et calcique surtout, elle a un effet tonique des plus appréciables. Une fois les évacuations terminées, le malade se sent dispos et son entourage remarque sa renaissance quotidienne, ce qui ne serait pas l'effet d'un régime purgatif et dépuratif ordinaire. Il n'y a donc pas à craindre d'affaiblissement puisqu'au contraire cette eau agit comme un merveilleux reconstituant; d'ailleurs elle a une vertu apéritive incontestable, et, après quelques verres, l'estomac, lavé et tonifié, est en excellent état pour recevoir le repas que le corps a bien gagné, après une matinée de traitement.

Au surplus, l'eau de CONTREXÉVILLE se digère avec une grande facilité et une grande rapidité, grâce à son acide carbonique, grâce à sa composition minérale et à sa fraîche température. Cette absorption aisée est remarquable, si l'on considère qu'elle contient de la lithine, et que, si la lithine dissout l'acide urique, cela ne l'empêche pas d'être un sel assez indigeste. Mais ce bicarbonate de lithine se trouve là dans un état particulier, engagé dans une combinaison naturelle, et n'apporte à l'organisme humain que ses qualités. L'élimination de l'acide urique, la fonte des urates acides qui rouillent les articulations, l'émoussement et l'effritement des calculs sont assurés sans préjudices aucuns pour les voies digestives, et l'on peut donc, sans crainte, aller le verre en main à la conquête de la santé.

# LA CURE

## I

Il ne faut donc pas boire à sa fantaisie, ni par gageure prouver une dilatation étonnante de son estomac : tel, qui supporte à merveille quatre verres, serait fort mal en point s'il se laissait aller à en absorber huit.

C'est ce qui arriva au comte de S..., atteint d'uricémie légère et de phosphaturie prononcée; sa cure, à part le traitement hydrothérapique, devait consister en trois verres de 330 grammes. Ce fut parfait trois jours, puis impatienté et peut-être entraîné par de fallacieux conseils, il alla jusqu'à huit verres par jour; le résultat fut bref : le malade venu avec 5 grammes d'acide phosphorique par litre d'urine, au bout de dix jours en avait 11 grammes.

Effrayé par les symptômes concomitants d'une semblable aggravation de son diabète phosphaturique, il vint se plaindre et confesser sa faute. Remis à trois verres, il partit quinze jours après, avec une proportion normale d'acide phosphorique dans ses urines.

Donc la phosphaturie ne doit pas être brutalisée.

Dans un autre ordre d'idées, mais avec assez d'analogie, se présente la gravelle oxalique : il faut la combattre, mais avec certains ménagements et de la prudence ; une quantité un peu forte d'eau ne lui conviendrait peut-être pas, car des malades soumis à sept ou huit verres par jour, venus avec de petits cristaux d'acide oxalique, peuvent, à la fin de leur saison, en présenter de gros et en abondance, accuser un peu d'affaiblissement et se plaindre de maux de rein avec irradiations dans le bas-ventre. Ceci indique certainement une reprise aiguë de la diathèse, mais une reprise qui a moins l'aspect d'une crise salutaire que d'une aggravation. Aussi, dans ce cas, convient-il plus que jamais de ne pas se traiter tout seul et à l'aveugle.

Je passe sous silence les maladies congestives et les inflammations chroniques des organes génito-urinaires, c'est assez délicat pour nécessiter une surveillance de chaque jour faite avec un doigté précis.

Pour finir ces quelques indications, je parlerai des conclusions que pose le cœur. Certes, le diabétique arthritique, les graveleux et consorts peuvent boire hardiment, grand bien leur en adviendra, mais les personnes âgées, les anémiques et surtout ceux dont le cœur n'est pas solide ont besoin d'être prêchés à outrance, afin qu'ils soient pénétrés de ce fait, c'est qu'une surcharge brusque de liquide dans leur économie peut amener les pires désordres du côté de leur cœur usé ou surmené. Ceux là, dûment auscultés, doivent, avec rigueur, ne pas se départir des avis qu'on leur a donnés et ne pas se livrer aux inspirations de leur imagination.

Les privilégiés, ceux qui n'ont pas de ces complications insoupçonnées souvent et pourtant impérieuses, peuvent, suivant leur capacité digestive, boire six, sept ou huit verres de 330 grammes par matinée.

On débute par deux ou trois, puis on augmente la dose progressivement, pour décroître enfin les tout derniers jours.

Entre chaque verre, une promenade modérée mais continue, d'un quart d'heure à vingt minutes, fera l'assimilation de l'eau et facilitera l'expulsion des excrétats. Bien que l'eau soit éminemment digestible, d'aucuns accusent surtout les premiers jours de l'embarras gastrique, voire même un peu de congestion : d'où un effroi légitime.

L'embarras gastrique provient de ce que, les premiers jours, les voies d'élimination, peut-être inaccoutumées à semblable travail, fonctionnent peu ou mal, et, la recette surpassant la dépense, il y a encombrement. Le remède est des plus simples : un verre d'eau purgative quelconque pris à jeun le matin, avant la cure, suffit à la guérison.

La congestion, elle, a souvent une origine plus détournée; l'eau est apéritive, avons-nous dit, le malade mange et s'en donne à cœur joie, si bien que son estomac ne peut suffire à tant de besogne, eau minérale, aliments, etc..., il se révolte, vaincu par la pléthore. Une certaine sobriété s'impose.

Maintenant, si votre muqueuse gastrique offre une sensibilité particulière, si la présence du gaz acide carbonique entre en ligne de compte pour favoriser la congestion, il est très facile de réchauffer un peu l'eau dont la température vous effarouche, de la battre pour faire fuir l'excès de gaz, de l'aspirer avec un chalumeau si les larges rasades vous déplaisent. Mais rien ne vaut l'eau naturelle.

## II

Comme adjuvants indispensables à la cure, il y a les bains et les douches. Laissant de côté les diverses variétés hydrothérapiques, je m'en tiendrai au grand bain et aux douches proprement dites. Les bains de corps sont pris dans de l'eau minérale pure ou additionnée de principes médicamenteux, plus ou moins chaude suivant les cas. Dans les affections arthritiques, goutteuses, dans les formes pléthoriques ou obèses, le bain chaud à 36 ou 38 degrés, additionné de sel marin ou de carbonate de soude, produit un effet fortifiant si le bain est chloruré, et en tout cas révulsif, favorisant ainsi la circulation périphérique et remédiant au mauvais fonctionnement de la peau.

Le bain tiède ou refroidi sera préférable pour les anémiés, les névrosés, ceux dont les émonctoires sont paresseux, les scrofuleux, les rachitiques.

Ce bain sera avantageusement accompagné de frictions que le malade pourra pratiquer sur lui-même, s'il le peut, ou qui, mieux encore, seront exécutées par un masseur de profession.

Si la durée de ce bain n'excède pas huit ou dix minutes, l'effet en sera excitant; si on reste plus longtemps dans l'eau, l'effet sera plutôt sédatif.

Pour le bain chaud, la durée, d'ailleurs plus longue, a aussi son importance; il est parfois indiqué de le prolonger pendant une heure et plus.

Voilà les bains les plus usuels; les autres répondent à des indications personnelles qu'il est impossible d'énumérer dans un mémento.

Les douches, comme les bains, ont des buts divers et des résultats bien différents. La douche en pluie est tonique et convient aux personnes sujettes aux rhumes, ayant une peau sensible et des muqueuses irritables; la douche à colonne, au contraire, véritable massage aqueux, est un excitant énergique et stimule à merveille les malades atteints de raideurs articulaires, de faiblesse musculaire, d'atonie intestinale, d'engourdissement du système nerveux. La douche écossaise est un précieux calmant pour les arthritiques que torturent les névralgies, les lumbagos, la sciatique, et a une action analgésique généralisée vis-à-vis de toutes ces manifestations coutumières aux rhumatisants.

Comme les bains aussi, les douches sont excitantes quand elles sont de courte durée et calmantes, hyposthénisantes, si on les prolonge trois ou même quatre minutes.

Ne pas oublier ce principe primordial en hydrothérapie : on ne doit pas affronter l'eau, ayant froid. Il faut faire de l'exercice avant et de la réaction après. Un bon mode de réaction après une séance d'hydrothérapie est le massage à sec ou avec agents médicamenteux.

## III

Pendant leur saison, certains malades éprouvent des malaises intestinaux, des reflux hémorroïdaires ou des poussées du côté du foie, du rein, des organes malades en un mot. Mais ces congestions viscérales sont momentanées et on doit, dans une certaine mesure, s'en féliciter, car les premières d'entre elles sont un bon exutoire naturel et agissent comme de bons dérivatifs. En outre, ces exacerbations du mal favorisent la guérison, et cela est facile à comprendre : en déterminant une intensité de vie dans l'organe malade antérieurement, on change sa manière d'être, on transforme sa chronicité et on peut l'amener ainsi à un état meilleur. En le laissant croupir dans sa torpeur première, on n'aurait guère de chances d'agir efficacement ; tandis que cet organe qui semblait atonique, voué à l'incurabilité, le voilà qui, soudain, au prix de quelques douleurs, se ranime, réagit et lutte à nouveau, manifestant son existence : « Enfant qui crie n'est pas mort », disait Molière.

Enfin cette suractivité peut être très spéciale, et le docteur Baud, ancien inspecteur des Eaux de CONTREXÉVILLE, gratifiait les sources du nom magique de fontaines de Jouvence.

Ces diverses actions de l'eau sont bien le fait de son élaboration dans le corps, car dans la gravelle urique, par exemple, l'action mécanique du liquide entraîne les calculs, mais elle les entraîne après qu'ils se sont émoussés, amoindris même, au contact des humeurs sécrétoires transformées par l'eau de CONTREXÉVILLE qui a servi à les engendrer. Cette action vitale est très nette, l'eau elle-même ne peut pas dissoudre les graviers, et c'est facile à démontrer; mais *cette eau ingérée dans l'alambic humain se distille avec une faculté corrosive précieuse.*

Ce n'est pas à dire que cette eau seule ne puisse rien, car elle a en hydrothérapie des propriétés manifestes surtout kératoplastiques ou kératolytiques suivant les cas et le mode d'emploi. Que ces propriétés soient dues à la décomposition des sulfates par la chaleur ou à une autre cause, il n'en est pas moins vrai qu'elle agit de la bonne manière sur la peau irritée des arthritiques.

Un exemple : Mme C..., uricémique et souffrant de lithiase biliaire, présente le troisième jour de son traitement une éruption papuleuse, urticante, très confluente, due à l'irritation cutanée que provoquait sa sueur très acide. Trois grands bains d'une heure, bains édulcorés avec un peu de son, suffirent à faire disparaître boutons et démangeaisons.

# RÉGIME

A Contrexéville, le régime, sans être déréglé, peut être un peu relâché au point de vue de l'abondance de la nourriture, mais sans intempérance même légère, sans aucun excès. Manger plus ne veut pas dire manger trop.

Le régime varie suivant chaque cas, néanmoins, on peut, d'une façon générale, conseiller une nourriture peu épicée, pauvre en viandes noires de haut goût; les aliments acides, tels que la tomate, l'oseille, etc., ne figurent pas sur les tables des hôtels. Les poissons de mer seront usagés avec modération, surtout la sole qui a une prédilection marquée pour l'albuminurie. Le haricot vert a été un peu réhabilité, à la condition d'être bien cuit. Le reste est à étudier suivant le tempérament.

Le café est à éviter, mais plus encore les liqueurs, à moins pourtant que la race ou une longue habitude ne puissent en faire tolérer un léger usage.

On boit généralement du vin blanc et mouillé d'eau.

Les sucreries et les aliments très gras sont presque constamment nuisibles.

Enfin, et pour terminer, il est avéré que les petites affections accidentelles, rhumes, maux de gorges, indispositions intimes ne sont pas une contre-indication à la suite de la cure; il n'y a donc de ce fait ni arrêt ni retard dans l'accomplissement des divers exercices thérapeutiques qui constituent le traitement à CONTREXÉVILLE.

Lyon. — Imp. A. REY, 4, rue Gentil. — 26387

www.ingramcontent.com/pod-product-compliance
Ingram Content Group UK Ltd.
Pitfield, Milton Keynes, MK11 3LW, UK
UKHW020451220726
13923UKWH00005B/2472

9 782019 253882